눈부신 침묵

눈부신 침묵

김현주 시조집

좋은땅

눈물의 염도를 낮추는 일

오른쪽 왼쪽을 벗어난 길

나비의 소용돌이

꽃의 그림자가 흔들릴 때

아직 별에 닿지 못한 어질머리 시어들을 끌어안고

멀고 먼 농담처럼

시인의 눈빛이 되었다

오돌토돌하게 살로 비벼야만 읽어지는 점자처럼

고유한 음률로 일렁이는

나의 공명통이 은은하게 울리기를

2025년 2월

守賢齋에서 無盡 김현주

목차

茶나 한잔하고 가게

● ● ●

아침과 아침까지의 거리

• • •

희망이 오시겠다는 전갈을 받습니다

• • •

마지막 수도사처럼 그 속에 살고 싶다

● ● ●

하루쯤은 영화처럼 하루쯤은
축제처럼 하루하루를 즐기며

• • •

생의 끈 날을 세우며
바투 겨눈 하늘 한쪽
● ● ●

茶나 한잔하고 가게

• • •

木蓮

남루하게 살았지만 눈빛은 깊어지리라

어디에 기대어도 어디로 향하는지는

한시도 잊지 않으리 그 환한 빛 봄 마중

눈부신 화려함도 원색적인 몸짓 아닌

그저 단아하게 품격 있는 자태로

멀리서 저 멀리서도 그 환한 빛 새봄

없는, 연애에 대한 것
- 봄밤

도련님! 달이 차올라 만삭이 되었네요

진통이 느껴져요 꽃나무 아래로 갈까요

쿵더쿵 요동치는 가슴 안고 냇가로 갈까요

쏟아내는 빛들을 고스란히 품에 안고

다음 날 그다음 날도 오실 날만 기다려요

한바탕 꽃이 지기 전에 당도하셔야 해요

끽다거喫茶去

살며시 다문 입술 살짝 비친 엷은 미소

찻상을 앞에 두고 다소곳한 앉음새

그윽한 눈매를 내려 두 손 가득 내린다

그리운 마음 거둬 숨겨온 가락인가

꽃잎 같던 푸른 세월 달빛으로 덮어주고

그날 밤 매듭을 엮듯 스며들던 숨결 소리

백일홍 그림자는 저를 안고 깊어지듯

바람결에 풀어보는 향내 더욱 맑아라

밀어를 혼잣말처럼 중언부언하다 말다

눈부신 침묵

봄비, 탓을 하다

밤, 봄밤 사람들의 집 불빛이 환하다

벚꽃잎 하르르 하르르 미소가 번지는데

여자는 이층 창가에서 지나가는 행적 읽고 읽다

미끄러지듯 차 한 대 꽃길 위에 서더니

한 남자 핸드폰 들고 두 팔 크게 벌린다

순식간 마음을 뺏긴 거침없는 프로포즈

각刻을 세우다

내 삶의 무늬목에 조각도가 춤을 추면

숲을 감싸 휘어 감던 물소리가 풀어지고

옹이는 섬으로 떠서 불러오는 화폭 하나

전서 예서 옛글 속에 새김질 운필들이

중봉의 끌기법에 울울창창 일어선다

목질은 넓은 품인 양 온 산하를 다 품고

새들이 앉았던가 구름들이 놀았던가

유려한 산정으로 나이테 감는 세월

여백의 진경산수가 새날처럼 돋아난다

눈부신 침묵

포항 가는 길

개나리 진달래꽃 보랏빛 도라지꽃

노랑노랑 은행나무 계절을 따라가면

저 멀리 큰 당산나무 천방뚝에 서 있다

마당에 들어서면 신발은 저 혼자

한시도 쉬지 않고 밭에 나가시는

일요일 오후에 만난 울 어머니 모습

사시사철 투사로 여자를 숨겨두었지만

언제나 한 모퉁이 꽃 심으신 천상 여자

눈물을 숨겨보려고 하늘 보고 부르는 이름

길례 언니

연분홍 무성한 초록 압도하던 어느 해 봄

아무도 그 화려함 눈치채지 못한 그날

언니는 눈물도 없이 전사처럼 집을 떠났다

아려오는 가난을 눈물로 소독하며

볼에 댄 자국처럼 뜨거운 흉터 남겼다

벚꽃이 분분히 내린 충혈된 숱한 봄밤

언니가 돌아왔다 훈장 같은 쌀가마니들

떠나는 길 위에서 허기 채운 봄 빛깔

원피스 눈이 부시게 샛노란 그 봄을 입고

눈부신 침묵

나비부인
- 할급휴서 割給休書

갑사 저고리 앞섶 베어내는 눈물

아들 먼저 떠난 슬픔도 가시기 전

며느리 떠나보내는 은밀한 의식 행한

호접몽 꾼 듯이 진정 꿈이면 좋으련만

허공 세상 흐르고 반짝이는 아침

나비야 날 수밖에 없는, 날개 활짝 펴라

짧고도 아린 눈짓 숨죽인 채 멀리로

가시 꽃에 앉지 말고 넓은 잎사귀

온전히 어여쁜 몸짓 감싸주는 꽃으로 가거라

빈집

근엄한 흑백 사진 대청마루 사진틀 속

덧칠한 먼지 털고 걸어 나온 할머니

늦 살이 덜 마른 고추 죽담에 널고 있다

한때는 소 울음도 문지방에 넘어졌을

붙들지 못한 세월 스스로 낮아진 집

나뒹군 개 밥그릇이 바람경經을 읽고 있다

노파심 내리사랑 밤낮으로 보살피는

씀바귀 환한 웃음 마당귀 무늬 넣어

혹시나 서운할까봐 눈빛 데워 가란다

환승

현충원 작은 묘역 큰아버지 모신 날

우렁찬 울음소리 조카가 아들을 낳았다

울음과 한 줌 사이에 긴 인생 시작과 끝이 있다

태어난 슬픔일까 떠나는 기쁨일까

살아가면서 울음은 웃는 날을 만드는 것

길 위에 긴 물음들을 풀어가는 여정

그림자 밟히는 떠난 자리 깊다

자꾸만 보게 되는 옹알이 웃음소리

같은 길 환승역 지나 다시 등을 켜는 시간

국수를 삶다

사나흘 쏟아붓던 장맛비 성큼 베어

눅눅한 습기 지펴 양은솥에 삶아내면

살아난 뽀오얀 속살 찰랑찰랑 헹궈낸다

늘 쌀독 비어 있던 그 시절 힘겨움

후루룩 설움 같은 끼니 때운 할머니

아직도 새끼 밥상엔 흰 쌀밥만 고집하신다

가느린 궤적 두고 장수 하는 연유는

면발의 효력일까 덕담이 깃든 걸까

풀어논 얼굴 주름에 고명 얹듯 핀 검버섯

눈부신 침묵

마루에 대한 단상

햇살이 눈부시게 맑고 고운 오후

바람이 다독다독 구름이 몽글몽글

두 발을 찰랑거리며 동 동 동 재잘재잘

달콤한 캐러멜을 입에 넣어주던

큰 감나무 토끼장 텃밭에 초록이

마루에 나란히 앉은 아버지의 우주였다

나이 들며 자꾸만 거꾸로 가는 우주

그 자리 앉아 계신 듯 환하게 웃는 아버지

신작로 그 길을 걸어 마루가 있는 집으로 간다

노가무침을 먹으며

찾는 이 하루 이틀 발걸음이 뜸해도

햇빛도 앉히고 바람과도 실컷 놀았다

뜨거운 여름 한철을 추억놀음 하였다

시름시름 혼잣말 흥건한 가슴앓이

엷게 핀 검은 얼룩 허름하게 변해도

속 꽉 찬 자존만큼은 윤기가 흐른다

야위는 푸른 지조 빛깔은 바래져도

싱그러운 지난날 더없이 깊게 품어

은근히 입맛 돋우는 노각처럼 아삭아삭

가랑잎 분교*

밥 짓는 연기 피고 깊은 산 둘러선 마을

보존 불 미소 담은 어느 산골 절간 아래

발밑에 사그락사그락 낙엽 밟는 소리들

모두 다 어디로 어느 곳에 숨었을까

학교 종이 땡땡땡 바람이 울어대도

친구들 보이지 않네 멎어 버린 풍금 소리

* 옛 삼장 초등학교 분교. 지리산 대원사 계곡 낙엽을 밟고 가는 학교 가
  는 길이라 가랑잎 분교로도 불림.

울산대교 전망대에서

집집마다 상처를 보듬어주던 당산목

웃음이 씨앗처럼 뿌려지던 골목길도

이름을 빼앗긴 마을 자취를 감추었다

거대한 쇠기둥을 하늘까지 엮어놓고

봉수대 연기처럼 타오르는 공장 굴뚝

색 바랜 짧은 하루가 지친 안부를 묻는다

푸른 숲 머리 위로 반짝이던 뭇별들

눈부신 야경 앞에 무늬로만 남아도

점점이 아득해지는 고향을 불러본다

눈부신 침묵

아침과 아침까지의 거리

•••

아침과 아침까지의 거리

하얗게 증발하는 저녁이 여기 있다

경계를 두려워하는 노을은 붉게 타오르고

까맣게 녹아드는 밤 어깨짐을 풀고 있다

흔들린 물빛 따라 파도치는 꿈결 너머

거꾸로 물고 있는 하루의 푸른 멀미

다시 또 붉은 부리를 숨긴 새들의 입

십자가 태양 빛에 잠시 숨 고를 때

바로 선 거울 앞에 검은 옷도 벗고

느린 듯 시차를 즐긴 밤의 꼬리표를 떼는 시간

눈부신 침묵

강, 불야성

불빛 담긴 도심의 강, 성을 이뤄 환하다
수초 일렁이는 그 속 가만 들여다보면
밖으로 나갔던 물고기 유영하며 돌아온다

구급차 숨 가쁘게 어디론가 달려 나가고
빛이 빛을 살찌우고 어둠이 어둠 삼키는
우리가 가고 싶다던 아, 별천지 저기인 듯

과체중이 불러온 꽉 막힌 동맥 곳곳
혈 뚫는 名醫 없이 철새 간혹 앉았다 날고
몇몇은 장미슈퍼에서 소주잔 꺾고 있다

길고양이 시간 훔쳐 재빠르게 달아난다
초승달 녹슨 열쇠 성문 철컥 딸 즈음
둔중한 벽과 벽 사이 안녕하신지 이웃은

아침과 아침까지의 거리   31

물거울 깨지다

잘 닦인 수면 위로 뭇 새 떼 날아든다

찌억 쩍 실금 가는 수천수만 허상들

날 세운 빛의 조각들 눈 찔러 하늘 본다

깊이 모를 투명함이 반사하는 이력 위로

먼지 털이 갈대꽃이 일상을 털어낸다

때가 낀 마음 한 장 갈아 끼운 찰나에

각도를 달리하고 유리 벽 넘어다보면

퍼즐을 꿰맞추는 생멸의 조각보들

공기 속 흐르는 파장 없는 실체 봉합한다

눈부신 침묵

한여름 불일암을 가다

여름 한낮 대나무 무소유 길을 걷다

한바탕 시원한 소낙비를 만나고

단정한 텃밭을 지나 작은 나무 의자 하나

스님의 온기 품은 후박나무 한 그루

오래전 그 바람이 처음이 아닌 듯

붉은 열 이마를 식혀 한동안 묵언 자리

깊이를 알 수 없는 상념이 가라앉을 때

뒤란까지 삼켜버린 고요가 쌓여간다

모든 것 내 것이 아닌 잠시 머물다 갈 生

고래 등에 탄 달

바다 풍덩 뛰어들어 스며들며 바라본다

곳곳에 플라스틱 형형색색 먹이 같은

겁 없이 삼켜버렸다 아기 고래 입속

발목을 묶어버린 생의 마지막 꼬리

결코 가볍지 않은 죽음의 무게들

수면에 다시 올라온 달은 눈을 감았다

두려움을 입에 물고 빙빙 도는 고래들

푸른 꿈이 홀로 미명 속에 허우적거리는

누군가 고래는 이제 돌아오지 않는다[*] 했다

* 안도현 시 -「고래를 기다리며」인용

구름의 이중성

천둥 번개 치면 비가 오는 법

비 소식 피하지 못한 꽃들은 지고

자꾸만 고개 들어서 하늘 표정 살핀다

짙고 검은빛이 속없이 밀려나는 건

햇살이 사이사이 빗금을 치면

시꺼먼 속내를 감춘 구름이 새하얗게

덜 닦인 하늘을 깨끗하게 밀어낸다

푸르른 바람이 보송보송 나무 껴안으면

신록이 서로 다투어 연두를 내지른다

잠적

여기 오고 싶었던 이유가 있었다

접어두었던 기억의 페이지를 열고

혼자서 이렇게까지 멀리 떠나온 길

직접 방향 잡을 때 맞닥뜨리는 그곳

바람이 실어 나르는 풍경이 쌓이고

마음은 느슨해지고 끝과 시작이 맞닿는

재빠른 일상 접고 모든 것 일시 정지

먼 곳으로 가끔은 달아나 보는 것

내 안의 나와 만나는 집중 무한 고독

　　　　　　　　　　　　　　눈부신 침묵

꽃다발 같은 사랑을 했다

여백 같은 사람아 다 채우지 말아라

할 수 없는 약속 같은 너와의 시절은 끝났고

유월의 종려나무 숲 그 푸르른 날만 남았다

처음이란 성스럽고 요동치는 심장

수도원의 종소리처럼 맑고 깊었지

이 생을 지나는 동안 너는 꽃처럼 피었다

혼잣말

- 부부

집에 있을라쿠이 하도 심심해 나온다

장날엔 사람 구경할라고 나오지

좌판에 머위 취나물 한 주먹씩 놓여 있다

자식 자랑 온종일 해도 더 하고 싶은 마음

해가 어둑어둑해지자 문득 떠오른다

그래도 영감 없으니 쓸쓸하지 집이

눈부신 침묵

꽃기린*
- 동생에게

누구보다 기쁜 뜻 가득 담아 온 마음
집들이 화분 선물 그대로 피었구나
날마다 너를 보는 듯 꽃을 보면 행복해

멀고 먼 낯선 곳에 남편 따라 나선 길
때로는 가시밭길 눈물은 왜 없었을까마는
단 한 번 내색하지 않고 견딘 날들 꽃이 되고

하루도 지지 않고 대견하고 예쁘구나
곱게 핀 꽃보다 줄기마다 박힌 가시가
혈육에 깊은 정만큼 아프고 단단하구나

* 꽃기린의 꽃말: 예수님의 꽃. 예수님이 고난을 당할 때 썼던 가시면류관
  을 꽃기린으로 만들었다고 해서 그리스도의 식물 가시면류관이라는 이
  름을 가지고 있다. 마다가스카르 원산지.

야누스

- 문

모든 걸 잊어버린 노모가 찾으시는

마지막 출구일까? 다시 시작하고픈 生일까?

밖에는 신발 한 켤레 시간을 묶고 있다

노도[*]

고요가 혼자 앉아 동백 꽃잎 헤고 있는

서포 만중[*] 낡은 초옥 새소리도 핏빛이다

파도도 넘기지 못하는 九雲夢 펼쳐둔 채

* 남해군 상주면에 위치한 섬.
* 장희빈 일가에 대해서 비난하는 상소를 올렸다가 숙종의 분노를 사서
  노도에 위리안치 유배당함. 3년 2개월 동안 〈사씨 남정기〉, 〈서포남필〉
  을 집필하고 56세 일기로 노도에서 영면함.

엄마 어머니!

세상 처음 불러본 우주같이 깊고 넓은
부르고 또 불러도 처음같이 기쁜 말
아직도 가득 차 있는 못다 부른 그 이름

먼 길 옷 갈아입고 손을 놓고 가시네
눈물도 웃음마저 불꽃으로 태우시고
큰 세상 길 일러주고 떠나시는 뒷모습

고단했던 生의 노래 둥글게 불러주시고
육신 안 살아 숨 쉬는 至福한 왕국 남기신 채
한 그루 나무 아래에 편안히 잠드셨네

눈부신 침묵

섬, 섬처럼 살다

염소 떼들 벼랑을, 벼랑을 타고 타고

절벽을 평지처럼 달리고 내 달리고

섬 섬 섬 테두리 그려 바다 위를 떠돈다

땡그랑 땡그랑 소리 적막 속 울려 퍼지면

노을을 그림자 삼아 집으로 돌아온다

내일도 섬을 그리며 벼랑 위에 바람처럼

경주에서의 하룻밤

매캐한 약토 내음 도량 석 목탁 소리
산속의 고즈넉함 바람에 묻어나고
연둣빛 꽃 사발 가득 그윽하다 솔 향내

애간장 토해내며 웃지 못할 일들이
소란한 삶의 일상 나날이 울렁대도
진흙 속 더러움에도 맑게 핀 연꽃처럼

길가에 구르는 돌 천년의 해 품고 있듯
풍요롭지 않아도 여유롭고 그윽하게
옛 문을 활짝 열고서 아침을 맞는다

눈부신 침묵

희망이 오시겠다는
전갈을 받습니다

• • •

무인도

따개비처럼 딱 붙어서 잘 살던 집 몇 채

섬만 홀로 두고 떠나오기 섭섭해

삽살개 염소 몇 마리 소 두 마리 두고 왔네

일 안 하고 어슬렁어슬렁 먹고 논 하루 동안

서로를 쳐다보며 한 번씩 웃어주는 일뿐

온종일 배 몇 척 지나니 섬 노을에 잠긴다

눈부신 침묵

신록

그렇게 지독했던 마음이 떠난 자리

속앓이 흔적인 양 뚝뚝 진 동백 입술

덜 지운 풀잎 노래가 봄과 함께 가고 있다

11월, 단풍꽃 피는 가을 한순간

물이 하늘이 되고 하늘이 물이 되는 순간
물무늬에 그려지는 새들의 군무 펼쳐지고
대자연 휘장을 감고 나오는 큰 무대 같다

흐드러지는 억새꽃 도포 자락 휘날리는 듯
거문고 음색 같은 바람 향기 따라가다 보면
몸마저 스르르 부양된 듯 구름으로 떠간다

먼, 먼 산들 물들며 서서히 다가온다
초록이 진 자리에 화려하게 피는 꽃 불
한순간 격정적으로 활 활 활 불타오른다

눈부신 침묵

맑음은
- 요양원 일기

호수에 비친 나무 물에 맑음이라
하늘에 하얀 구름 맑음으로 흘러가고
마주한 투명한 풍경 흔적들이 밝아진다

굽은 허리 뼈마디 온몸이 아파와도
웃음이 해맑으신 어르신들 얼굴마다
흘러온 세월의 흔적 푸르고 맑은 거울 같다

거짓 없는 거울 앞에 하루하루 비춰지는
고마운 일상들을 두 손 모아 기도하며
먼 훗날 만날 자화상 그 모습이고 싶다

태화강

발아래 먼 길 돌아 바다로 닿기 전에
번들대는 흰 물결들이 무명천 펼쳐 놓고
바람이 일필휘지로 생의 내력 적고 있다

능선 위 불길 끝에 들어선 십리대밭

뿌리는 더 단단히 중심 잃지 말라고

거문고 한 소절 같은 댓잎 충고 들려준다

살다보면

지독한 가뭄 끝에 비가 내립니다
더 높고 낮음에 걸림 없이 쏟아지니
순식간 늪에 수초가 환하게 번집니다

좁아진 강물이 넓은 강심江心 드러내고
밝아진 노랑어리연 화원을 만듭니다
풍경의 싱그러움이 지독하게 끌립니다

목마른 일상의 갈증을 풀어주는
희망이 오시겠다는 전갈을 받습니다
팍팍한 하루의 골에 스며드는 빗줄기

물방울 독경

얼마나 깊고 깊은지 알 수 없는 곳
산기슭 지나고 굽어 돌아가는 길
두 눈이 침침하도록 읽어내린 그늘의 문장

쏟아지는 빗줄기 터질 듯한 욕심 되어
몸집이 불어나서 쏟아내는 거친 포악
마침내 죽을힘 다해 쏟아내는 속울음

찢어진 나뭇잎 하나 거친 숨 몰아쉬고
고적한 수면 위로 쏟아지는 햇살 고인다
똑 똑 똑 바위틈에서 떨어지는 독경 소리

눈부신 침묵

소가 절로 간 까닭은

사는 일이 고되다고 말한들 내만 할까?
다 그렇게 산다고 반야심경 읊고 살지
그래도 새끼 크는 재미 견디며 사는 거지

그날도 어느 날처럼 일을 하고 누웠는데
바람이 심상치 않더니 비가 쏟아지고[*]
하늘에 구멍이 났나 끝도 없이 퍼붓더군

새끼 앞세우고 언덕 넘어 산 위로
걷고 또 걸었지 절 마당에 들어서자
새끼는 힘이 빠져서 풀썩 주저앉고 말더군

죽을 고비 넘겼다 그제사 눈물이 나데
내일 다시 힘들어도 이승이 낫지 싶어
그래도 살아서 다행 사는 게 다 福이야

* 2020년 6월 태풍 '바비' 이틀간 380mm 물 폭탄으로 섬진강 범람(가축
  3,650마리 피해).
  구례군 문척면 서성암(해발 530m)까지 소떼들이 올라간 일.

빈 배
- 서포*와 마주하다

뚝! 하고 목이 꺾인 동백꽃 흥건하다
주인이 아니었을 주인 잃은 마당에
야생화 아우성치며 제 목소리 내고 있다

짙푸른 고요 한 점 부표 위에 앉는다
갯것을 캐는 아낙 시린 손 마디마디
깊은 곳 살을 에이는 다른 생이 비친다

뜬눈으로 지새우는 물고기 붉은 눈처럼
어룽어룽 그리움 켜켜이 쌓여갈 때
어머니 환영을 걷어 사무치듯 안는다

고요를 깨우는 새소리가 꿈결인 듯
봄볕이 바늘처럼 꽂히는 느린 오후
빈 배는 설움 북받쳐 문득문득 흔들린다

* 김만중: 홍문관 대제학 등을 지낸 조선 시대 중 후기의 문신이자 소설가.
《구운몽》 어머니를 위로하기 위해 전문을 한글로 집필, 남해 노도는 유
배된 섬이다.

눈부신 침묵

남해에 살다

- 독일마을

하얀 벽 붉은 지붕 로렐라이 언덕인가
베를린 함부르크 바다 건너 옮겨 놓고
골목길 초승달처럼 동두렷이 그려 넣다

누구든 막장은 끝이 아닌 시작인 것을
이국의 아침마다 두 손 모아 무릎 꿇어
푸르른 모든 청춘들 잊고 살던 그 년대

보드라운 이 하루가 말랑하게 붉어지면
마당 한편 햇살들을 바지랑대 끝에 걸고
평화를 다 그러모아 수평선에 널고 있다

꽃보다 그대

여름을 내려놓을 시간 접시꽃 당신

맨드라미 빛깔에 붉게 묻어나고

구절초 가득 피어나 가을 들었네

세월 간 줄 모르고 오로지 꽃만 보면

사진 찍어 달라 렌즈 앞에 생기발랄

꽃 앞에 용감한 포즈 카메라 든 남편

살아온 날들이 가을쯤 서성이는

가끔은 쓸쓸해지는 아내를 위로하는 말

그대가 코스모스를 이겼네 이겼어

눈부신 침묵

당신의 이름으로 살 수 있을까?

하늘하늘 웃어도 갸웃갸웃 쳐다봐도
길기에 핀 꽃으로 무심한 발걸음뿐
향기가 민망한 채로 지는 꽃도 있으니

올곧은 한 획처럼 수백 년 같은 자리
때로는 비바람에 허리가 휘어져도
깊은 산 수천 그루 중 한 나무로 산다면

무엇을 하지 않아도 그저 견딘 세월
자리를 지켜내는 묵언의 바위처럼
이름을 빌려온다면 살아갈 수 있을까

별밤

자루째 쏟아부어 별을 볶는 밤하늘

무쇠솥 바깥으로 밤새 탁 탁 튀어가서

사방에 널린 빛조각 온 우주를 밝힌다

수저를 들다가

반가운 얼굴들이 달무리를 둘렀다

힘겨운 하루 일상 도란도란 풀어놓고

달그락 접시 소리도 웃음만큼 환하다

살붙이 수저 무게 웃음을 퍼 나르면

깊어가는 저녁에 짧아지는 근심 걱정

다시 선 플랫폼 너머 아침 해 밝아온다

엄마의 프로필 사진은 왜 꽃밭일까?

꽃처럼 다시 피어 젊은 날을 만나고
나비 만날 꿈 꾸시나 꽃밭에 서 계시다
빛나는 주름 사이로 수줍게 비치는 미소

한 컷 한 컷 넘겨봐도 온통 꽃밭이다
지나온 순간마다 환하진 않았을 텐데
품 안에 간직한 꽃들 온통 엄마를 에워쌌네

너는 나의 꽃이야 난 꽃을 피웠단다
귓가에 향기 나는 말 속삭이듯 웃는 엄마
꽃들이 엄마를 에워쌌네 한없이 축복하네

눈부신 침묵

마지막 수도사처럼
그 속에 살고 싶다

• • •

耳鳴
- 요양원 일기

먼지 낀 바람들이 윙 윙 윙 아우성친다
창가에 앉은 노모 찡그린 주름 위로
낯익은 젊은 의사는 똑같은 진단을 한다

어르신 귀에는 아무런 이상 없어요
몇 번을 말해야 혀 내 귀에 소리가 들려
고향을 물어봐야지 나이는 왜 물어봐

밀려오는 파도 소리 파란색 소리, 소리
청보리 간지럽히는 초록, 초록 소리
소리가 자꾸 들려와 나라도* 섬 끝에서

* 전라남도 고흥군 봉래면에 속한 섬.

한계령을 위한 연가[*]

물처럼 출렁출렁 넘치도록 차올랐다
기꺼이 둘만의 완전 고립 선택했던
푸르고 은밀했던 날 환하고 환했다

새하얀 눈 오래전 녹아서 내렸지만
시 한 편 못 잊을 사람을 가둬두고
큰 고개 넘을 때마다 눈을 뿌렸다

꺼내서 다시 읽는 서랍 속의 청춘
뜨거운 갱년기를 보내는 지금쯤
가슴을 누르는 폭설 그 눈이 그립다

* 문정희(1947년~) 시인의 시.

마지막 수도사처럼 그 속에 살고 싶다

가짜뉴스

반죽을 주무르고 걸쭉하게 다시 편다

찰지게 두들겨서 이쪽저쪽 숙성시켜

겉면은 달콤 바싹하게 속은 텅 빈 채로

한 번만 맛보면 기어코 찾아다니는

입맛을 참을 수도 견딜 수도 없는

그대로 올가미 속에 가둔 강렬한 그 맛

눈부신 침묵

연꽃차를 마주하고

진흙 같은 바람이 기억을 뿌리내리면

따뜻한 온기 안고 움츠린 꽃 다시 핀다

생각을 맑게 우리자 찻잔 또한 꽃이다

고요의 채반 위에 향기 조각 모으면

어여쁜 눈빛이 대궁 끝에 환하다

또 하루 풀어진 얘기 꿈결처럼 찰방인다

오디나무를 털다
- 영양 여행기

저마다의 조금씩 하찮은 분노 조바심
골판지 같은 일상 접고 떠나는 여행길
강 따라 구불구불한 길 따라 달린다

좋은 햇볕 꽂히고 바람 흐르는 창밖
오디다 차 세워봐 다급해진 목소리
나무 밑 돗자리 펴고 흔들고 흔든다

덜 익은 떫은맛 유순해진 아픔들
까맣게 익어서 마침표로 달렸다
한바탕 느닷없는 소동 쏟아진 웃음이 달다

출근길

자연 속 조향사의 수만 가지 꽃향기
솔 솔솔 바람 따라 번지는 맑은 내음
쪼르르 고양이들의 마중 받는 출근길

아주 작은 화단이 텃밭으로 변한 여름
고추 한 줄 오이 한 줄 토마토 한 고랑 심은
날마다 올망졸망한 채소 보는 재미 환한

햇살 가득 아침 풍경 담고 가는 발걸음
남은 생이 짧다 해도 유쾌하게 보내는
어르신 웃음 찾아서 가벼워진 마음길

1004 신안 섬 기행

달리는 차 안에 흘러넘치는 웃음소리
감탄사 연발하는 섬과 섬 사이 천사대교
무화과 밭을 지나서 섬 섬 섬 섬 사이로

아주 큰 섬 작은 섬 그 사이 또 다리
사방이 섬들끼리 나란히 어깨동무
사투리 이정표 걸린 저짝으로 가시오잉

무지개 마지막 색 보랏빛 온통 가득 찬
퍼플섬 걷고 걸은 후 무한의 다리 건넌다
갯벌이 눈앞 한가득 질척한 여행의 맛

눈부신 침묵

유품정리사[*]

소리 내어 울어줄 사람 없는 그 방
모든 것이 그대로 자리를 지키는데
고독의 몸부림들이 수북이 쌓여 있다

어둠 속 가난에 고문당한 흔적들
세상 빚 미납용지 깃발처럼 펄럭인다
닫힌 문 여는 순간에 공기 푸르고 붉다

낯선 이방인 그곳 무늬들을 지우고
청춘은 사진첩에 꽃같이 웃고 있다
척박한 날들을 접어 매듭을 묶는다

* 고독사, 무연고자 등 고인의 흔적과 유품을 마지막으로 정리해 드리는
  직업.

마지막 수도사처럼 그 속에 살고 싶다   69

바위와 나비

아무것도 할 수 없어 꿈쩍 않고 견딘 날
어느 날 가벼운 몸짓으로 날아온 너
날개가 갖고 싶다고 살포시 고백했지

흔들리는 꽃에 앉는 것도 힘들어
애벌레로 살다가 나비가 되기까지
고통을 견디고 견뎌도 천년을 살지 못해

천년을 변함없이 산다는 건 행복이야
하루를 살더라도 훨 훨 훨 날고 싶어
선문답 오고 가는 봄 흔들리는 마음

눈부신 침묵

귀

아무 말도 못 하고 듣기만 한다
들은 말을 제대로 못 알아듣는다고
구박을 심하게 하네 귓등으로 듣는다고

불평할 땐 듣는 귀 멀다더니 오랜 시간
코로나 때문에 마스크 걸 때는
귀한테 미안하다고 고맙다 한다

말문은 줄이고 듣는 귀가 밝아야 한다
귀퉁이가 아니라 귀로 위상이 우뚝 선
입보다 구설수 없이 점잖게 비켜 앉은 자리

간절한 하루
- 요양원 일기

처서가 무색하게 폭염이 날카롭다
땡볕이 잎사귀 돌돌 파마머리 말아내고
매미는 생의 끝에서 목청이 더 단단하다

시들은 귀에 대고 파랗게 소리쳐도
잠잠한 눈동자는 저무는 저녁 하늘
서러운 초승달처럼 등이 휜 채 앉았다

길고 긴 오체투지 굽이쳐 돌아온 길
서로를 껴안으며 어머니처럼 안는다
자꾸만 멀어져 가는 하루해가 짧고도 짧다

눈부신 침묵

변주곡變奏曲

- 부부

슬픔은 슬픔을 낳았고 슬픔도 슬픔을 낳았다
기쁨이 찾아왔고 기쁨은 슬픔을 닦았다
차갑게 닫힌 문들이 열릴 때까지 오래도록

비리고 습한 상처 곪았던 자리마다
뽀얀 새살들이 차오를 때도 알지 못했다
백발이 소복소복이 백합*처럼 필 때 알았다

서로를 바라보며 웃고 있는 날들이
깊은 바다 솟아오르는 태양처럼 빛나고
첨부터 기쁨을 낳고 기쁨을 기르고 있었다는 것을

* 백합의 꽃말: 순결. 당신과 함께 있으니 꿈만 같아요. 변함없는 사랑.

명랑한 은둔자

숲에는 정령들이 있다고 믿는다
햇살과 바람으로 서로 소통하고
천천히 스며들어서 지저귐이 즐겁다

시간의 마법들이 술술술 풀려난다
실바람에도 한 뼘씩 자라나는 아이들
계절은 제철을 따라 고향처럼 익어간다

첩첩산중 끝나는 무렵 고원 산골 오지
첫눈 밟고 찾아올 손님이 없어도
마지막 수도사처럼 그 속에 살고 싶다

눈부신 침묵

내 안에 여름 있다

그리움은 포도다 송이송이 달달하다
사방 천지 햇살 받고 까맣게 익어가는
수백 번 손길이 가야 달콤함이 온다

달디단 진물이 입안 가득 번질 때
한여름 다 받아낸 얼굴 자꾸 떠오른다
땀, 땀이 송글송글이 맺히는 게 꼭 눈물 같았던

큰딸에 아픔 품은 채 언제나 평온하신
유난히 긴 폭염을 견뎌낸 지난여름
포도밭 그 여름 풍경 보고 싶은 외할머니

* 2024년 여름이 반세기 중 가장 더운 여름으로 기록됐다.

위양지[*], 이팝나무

수만 봄이 머물고 쌓아 올린 봄빛

아차차, 한 찰나도 눈 떼지 못하도록

겹겹이 휘감아 놓고 한 겹 한 겹 풀어놓는다

연두저고리 입은 새댁 완재정 앞에서

오월 한낮 온종일 거품 가득 풀어놓고

이끼 낀 청 놋쇠 대야 하얀 얼굴 씻는다

* 위양지: 밀양시 부북면 위양리에서 위치한 밀양 8경 중 한 곳. 신라와 고
  려시대 농사를 위해 만든 인공 연못.

하루쯤은 영화처럼 하루쯤은
축제처럼 하루하루를 즐기며

• • •

노을이 아름다운 이유

바쁘게 쫓기듯이 내달리는 아침보다

지친 듯 잠시 쉬는 정오의 어디쯤보다

가만히 뒤돌아보는 하루의 덧문을 닫을 때

어스름 저녁이 오기 전 화려함의 극치

짧은 감탄사 뒤 아득한 탄식 같은

치열한 태양 숨 돌릴 때 심연에 번지는 감회

너의 이름-1

그대가 손짓하면 부서지는 파도가 되고

그대가 눈짓하면 흩어지는 첫눈이 되고

그대가 내게 걸어와 휘몰아치는 바람이 된다

그대의 그늘 속에 그대의 빛깔 따라서

오롯이 닮아가며 물들어 갈 수 있다면

활 활 활 불꽃 아니라 은근한 가을쯤이면 좋겠다

너의 이름-2

맑은 잔 마른 꽃잎 뜨거운 숨결이 닿자

건조된 시간들이 향기로 눈부시다

잎 다진 가지 끝에서 꽃 한 송이 다시 핀다

우물 속 깊은 하늘 깊어진 일렁임

톡 톡 톡 빗소리 저녁 빛에 잠길 때

움켜진 고백과 떨림 한 잎 한 잎 퍼진다

봄을 입다

그 뒤로 힐끗힐끗 절 지붕 아련하다
지천에 짙은 분홍빛 자욱하게 깔리고
운문사 복사꽃 감상 원근법이 최고다

땅 한 평 허투루 놀리지 않고 싶은 나무
부지런한 사람들 손끝에서 맺은 열매
산비탈 햇살 다 모아 단맛들이 익어간다

파랗게 제맛 내는 미나리 향기 품고
더 이상 위안 없는 무릉도원 여기쯤
자체로 자연이 된 듯 사람들이 출렁인다

정말정말 좋았다

이른 아침 출근길 뜻밖에 무지개
마주하고 달려가는 기분을 아시나요
지나간 빗방울들이 푹죽처럼 번져요

이차선 달리다가 공사 중 팻말 앞
일차선 달리던 차 속도를 줄여주네요
무언의 감사 인사를 깜박깜박 비상등 켜요

짙어지는 일상 속 반딧불이 같은 순간들
숙제 같은 하루를 축제로 바꿔주는 듯
뜨거운 여름 아침이 첫눈처럼 환해요

눈부신 침묵

커피믹스의 힘

너를 처음 만난 날 종이 벽이 떨리고
찬 기운 벽을 뚫고 온몸으로 퍼질 때
새벽이 밤새 울어서 부은 붉은 눈을 뜬다

가늘게 떨고 있는 손마디 관절마다
설탕이 혈관 속으로 달달하게 녹아든다
아직도 닿지 못한 꿈 단맛이 올라온다

블루마운틴 원두 향기는 가슴에 품고
아무렇게나 휘휘 저어서 창턱에 걸터앉아
구겨진 하루를 풀어 단단하게 쟁겨간다

소리의 늪

토도 톡 톡 톡 톡 톡 후두둑 비 듣는 소리

바스락 사락사락 낙엽 밟는 소리

찌르르 찌르르르륵 풀벌레 웃음소리

풍경을 울리는 사뿐사뿐 바람 발자국

딸의 웃음 아버지 위로가 쌓이는 소리

또르르 찻잔 안에서 마음 고이는 소리

만어사[*]

산을 산으로만 부르지 않는 이유

낙엽이 떨어져서 물고기 등을 타고

둥글게 퍼져 나가는 푸른 파도 소리

[*] 밀양시 삼랑진읍 만어산 중턱에 위치한 사찰.
  절 아래 너덜 바위 지대가 절경을 이루며 천연기념물 제528호로 지정,
  많은 전설이 있다.

모퉁잇돌[*]

죽은 나무속에 움푹 패인 빈틈 안
흙을 채워 작은 꽃 정성껏 심어 놓았다
처음에 보았을 때 새로 핀 꽃인가

꽃 뿌리 꼿꼿이 흙을 움켜쥐고
살아 있는 나무처럼 자리 지키고 있다
새들도 날아와 앉고 아침도 맞는다

살아서 죽은 영혼 바닥에 쌓는 죄보다
격렬한 온도를 몸 안에 불태워서
단단히 지탱해주는 모퉁잇돌로 삼고 싶다

* 교회의 주춧돌이라는 뜻으로 예수를 비유적으로 이르는 말.

정자 활어 직판장에서

단정한 주름치마 볼 빨간 수줍음
찻잔을 만지작만지작 눈길을 곱게 내린
가느린 손끝에 떨림 꽃대궁처럼 어여쁘다

사는 일이 꽃길뿐이던가요 벼랑 끝도 있지요
어시장 난전에 목소리 큰 그녀가 있네요
도마가 쩍 쪼개질 듯 내리치는 비린 내공

눈물 같은 소주 몇 잔 체온을 달래가며
미늘 같은 너스레를 여기저기 던지다가
아지매! 그 푸른 작살 환한 웃음 보이네요

은행나무 아래서

쏟아지는 노랑을 막을 수는 없다
거세게 휘날리는 황금빛 폭우
거리로 길게 뻗어서 환호하는 빛깔

그 오래전 꽃가루 눈을 멀게 하고
서로를 마주 보며 색을 키웠다
눈길을 압도하는 절정 따뜻하고 포근한

청명한 가을 하늘 배경 삼아 빛나는
일제히 노란빛을 발사하는 폭격
기꺼이 막아보지만 온몸을 관통한다

눈부신 침묵

웃음 터진 골목길

녹슨 못 허물하며 낡아서 매달린 집
반쯤은 구부린 무릎 어정쩡 서 있는데
담쟁이 보수 공사는 빈틈없이 이어진다

여러 겹 이어 만든 층 층 층 계단마다
개나리 해바라기 여기저기 피어나고
담벽엔 숲과 바다의 이야기가 생겼다

빈집에 갤러리와 공방이 생겨나고
풋풋한 청춘들의 걸음이 빨라진다
커피향 웃음소리가 몽글몽글 피어난다

생의 끈 날을 세우며
바투 겨눈 하늘 한쪽

• • •

모랑역毛良驛

기차를 타고 떠날 목적지는 없다
기다리는 사람 없어 발소리에 귀 닫고
귀퉁이 낡은 벤치에 종일 앉아 있고 싶다

박목월 시인의 가랑비*에 젖는다
누군가 기다리는 자세를 풀지 못하고
문 닫힌 폐역 밖에서 서성이며 또 젖는다

봄에는 벚꽃 피고 가을엔 단풍 환해
할 일 없이 논두렁 길 몇 해 걸었다
오래전 쓰다 만 엽서 안부를 묻는 이름

* 박목월 시인(1915~1978), 옛날과 가랑비 시.

눈부신 침묵

눈부신 침묵

- 꽃

당신처럼 웃으려면 얼마나 행복해야 하나요?

모두 다 웃게 하는 건 당신의 힘인가요

피는 건 피어나는 건
얼마나 힘든 일인가요

눈길 한 번 안 주는 긴 외로움 견디며

한자리 꼼짝없이 뿌리내린 지고지순

오롯이 당신 이름으로 피는 건
쉬운 일 아니잖아요

생의 끈 날을 세우며 바투 겨눈 하늘 한쪽   93

무사의 노래

갑옷도 투구도 없이 전장으로 오는 장수
식당 문 왈칵 열며 "칼 좀 가소 칼 갈아요"
허리춤 걷어 올린 채 이미 반쯤 점령했다

무딘 삶도 갈아준다 너스레를 떨면서
은근슬쩍 걸터앉아 서걱서걱 칼을 민다
삼엄한 적군을 겨누듯 눈은 더욱 빛나고

칼끝을 가늠하는 거친 손이 뭉텅해도
날마다 무림 고원 시장 골목 전쟁터에서
비릿한 오늘 하루를 토막 내는 시늉이다

적군이 퇴각하듯 자꾸만 허방 짚는
가장의 두 어깨가 칼집처럼 어둑해도
생의 끈 날을 세우며 바투 겨눈 하늘 한쪽

눈부신 침묵

무장 해제

딸 귀히 여기시던 아버지 금지령
가시 촘촘 박혀 있는 탱자나무 호위무사
울타리 울타리 넘어 돌고 돌아 에워쌌네

환한 달밤 위리안치圍離安置 말랑해진 가시 넘어
청보리 일렁이는 그 어디쯤이었지 아마
말갛게 새순 틔우는 소름 돋는 사랑가

엄마 기억 멈춘 자리 꽃이 피어난다
생각만 해도 좋은, 가슴 떨린 그날 밤
끝끝내 놓지 못하는 사랑이 화사하다

생의 끈 날을 세우며 바투 겨눈 하늘 한쪽

곡예

골목을 빠져 나와 큰길 건넌 할멈
목에 건 스마트폰 이름표도 아닌데
집 나와 길 잃어버린 유치원생 같다

갈 곳을 모르면서 왔던 길 돌아보고
환청에 이끌리어 이리 기웃 저리 기웃
아마도 엄마 품 그리워 찾아 나선 듯

퍼붓는 자동차 경적 가슴에 꽂힌 화살
순식간 시선들이 거미줄 치고 있다
치매란 포충망에 갇혀 오도 가도 못한 채

눈부신 침묵

오월

읽으면 읽을수록 몰입되어 빠져든다

붉은색 고딕체로 첫 줄부터 압도하더니

도입부 연초록으로 거침없이 써 내려간다

천연색 형광펜으로 곳곳에 밑줄 친

한 페이지도 놓칠 수 없는 감동의 베스트셀러

세상의 온갖 속도를 멈추게 하는 거장의 필력

생의 끈 날을 세우며 바투 겨눈 하늘 한쪽   97

어미 새

어둠이 짙어지면 살아나는 슬픔 한 줄
차가운 바람결에 불려 오는 저 환청에
스스로 가시를 찌른 어미 새의 아픈 가슴

속울음 울컥울컥 어혈로 맺힌 고통
푹 젖은 깊은 눈빛 그믐달로 사위어가면
아가는 어느 숲속에서 하룻밤을 웅크릴까

부르면 와락와락 달려와 안길 것 같은
자리 못 뜬 나목에서 겨울 찬별 불러 앉히고
사죄의 빈 몸짓으로 깃을 피다 접는 모정

어머니는 알고 있다
- 요양원 일기

그 마음 알기에 서로 말문이 막힙니다
그저 잘 드시는지 아픈 데는 없는지
눈길을 피하는 듯이 무심한 척 안부를 묻는다

손도 만질 수 없는 창을 두고 앉은 자리
비대면 면회 시간* 멀고 먼 듯한 목소리
단 한 번 집에 가고 싶다 끝내 그 말만은 못하시는

* 코로나 19로 인해 요양시설에서는 외출, 외박, 면회가 이루어지지 않아
  가족들을 만날 수 없었다. 그 이후 비대면으로 전환되었다. 상황에 따라
  비대면과 면회가 교차로 이루어지고 있다.

생의 끈 날을 세우며 바투 겨눈 하늘 한쪽   99

폐광별화

- 태백 해바라기 축제

어둠 속 막장 안은 또 다른 노다지였다
환하게 웃는 얼굴들 웃음소리 빛났고
밤마다 휘황찬란한 불빛이 타올랐다

세월에 밀려나서 꺼져버린 무대 위
마법 풀린 동화처럼 돌아온 산골 오지
적막은 빛을 삼켰지만 불씨는 남아 있다

기다리고 기다린 아흐레 밤낮처럼
그대만 바라본 애잔한 전설처럼
지난날 따뜻한 온기 기억해요 한 번쯤

눈부신 침묵

겸재, 반구화첩

대곡천 너럭바위 神이 내린 한지 한 장
포은의 길을 따라 글을 새겨 율을 읊는
유배의 푸른 구곡이 그날인 양 숭엄하다

뾰족이 솟은 돌은 단심가를 다시 불러
중심에 마음 받쳐 忠을 일깨워주던
그 절개 오늘을 살아 곧추세운 이 역사

먹물이 모자라서 담묵으로 처리했나
골마다 산안개가 자락자락 휘날리면
음각된 물소리들이 휘어 돌아 흐른다

생의 끈 날을 세우며 바투 겨눈 하늘 한쪽

폭로, 그 이후

무늬 하나 가지려고 뿌리내렸던 그 나무
뜬금없는 미친 폭우에 가지 뚝 부러졌다
누구도 간밤의 일을 입 다물고 있었다

씨앗이 발아할 때 꿈도 컸을 것이다
물소리 끌어다가 푸른 잎사귀 심어 놓고
꺾어온 빗소리 몇 다발 가을밤에 뿌렸을

둥글게 껴안으며 나이테 늘려가다
흰 뼈만 남겨 둔 고사목 붉은 울음
한순간 익명의 새로 날아가고 없었다

눈부신 침묵

책가도册架圖

여백의 편안함을 즐기는 여름 한낮
스르르 잠시 잠깐 곤한 잠에 빠졌다
작은 새 휘파람 따라 내려앉은 연못가

연향은 여러 갈래 피어올라 하나 되고
어느덧 분별없이 방안 가득 스며들어
시렁에 얹은 책들을 거풍시켜 그윽하다

간추리지 못한 마음 가다듬어 앉히면
추사와 마주하듯 茶 달이는 풍경 속
담백한 동양화 한 폭 조각조각 꿰맨다

가을의 노래

알록달록 물이 든 이 강산 아첼로란도
계절이 한 옥타브씩 올라가 닿을 하늘입니다
바람은 달콤한 과즙 향 온 누리 흩뿌립니다

잎들이 쏟아지자 환호하는 갈채들
우린 모두 검고 흰 건반과도 같은 음계
한없이 비워서 부르는 찬란한 노래입니다

투명한 맑은 들과 은은한 노을빛도
내재율로 스며드는 완벽한 운율 따라
명곡의 무한한 찬미 예술의 무대입니다

눈부신 침묵

나비를 꿈꾸다

- 時調

애벌레 이름 벗고 스스로 얽어매어
번데기 또 한 번의 이름을 지워버리고
견고한 껍질을 찢어 고통의 경계 넘다

알에서 꿈틀거림 누구도 눈치 못 챈
오롯이 좋은 꿈 날자 날자 천상 자유
분비물 다 빼고서야 날 수 있는 비행

다시 또 꿈틀거리고 스스로 옭아매고
다 버리고 비워내고 아름다운 날개 펼치면
비로소 가벼워지는 절정을 누리는 것

강가에서

얼마나 흘렀을까 뒤를 돌아보았을 때
숲의 그늘도 멀어지고 손을 잡던 기슭도 없다
갈수록 낯선 바람과 적막한 저녁이 깊어진다

꽤 오랜 시간들을 소용돌이치며 휘몰아쳤다
뒤척이다 눈을 뜨니 은빛 비닐이 눈부시다
묻어둔 속울음 깊어 하루를 닮은 또 하루

거슬러 오를 수 없이 너무 멀리 왔다
살아온 궤적이 물길을 만들었다
도도히 흘러갈수록 울지 않은 날이 서러워졌다

이것으로 족하다

피곤한 하루 접고 저녁 한 끼 단란하게

茶 한잔 뜨겁게 시 한 편 읽어가는 밤

점 점 점 더 깊어지고

점 점 점 밝아오고

상상력과 복선의 이미지 충돌이
이루어 낸 정형미학의 완성

권혁모

(시조시인, 한국문인협회 이사)

　꿈이었던 문단에 나와 시를 창작하여 발표하며, 첫 시집을
낼 수 있다는 것은 얼마나 기다려 온 설렘이랴. "시는 기도와
결합된 신비로운 마법(M. R. Souza)"이며 "행복한 심성이 닿은
최고 열락의 순간을 표현한 기록(Percy Bysshe Shelley)"이라 한
다면, 시조시인 김현주가 이루어 낸 시조집 『눈부신 침묵』에
도 그런 서정이 넘치리라.

　그는 2018년《부산일보》신춘문예에 「무사의 노래」가 당선
되어 문단에 오른 지 여섯 해를 맞았다. 당선 소감은 "시조라
는 식탁 위에 정갈한 상차림을 준비하는 마음, 신선한 재료들
로 맛깔스런 음식을 만드는 일, 그런 정신으로 시조의 길을

걸어갈 것을 다짐해 봅니다."라고 하였으니, 진솔한 그의 포부를 검증할 첫 시집의 의미는 그만치 크다고 할 수 있겠다.

그간 시집보다 먼저 출간한 산문집 『황홀한 고립』을 받아 읽으며, "참 열심히 황홀한 고립으로 살아왔구나." 하는 선입견을 지울 수 없었던 것도 그의 시편들을 읽는 궁금증이자 매력이다. "울고 웃으며, 하루하루를 살아가면서 느낀 孝에 대한 새로운 의미를 담은 요양원 생활이 고립이라 한다 해도, 편안하고 행복한 삶을 위한 황홀한 고립입니다."라며 묶어 내었다. 마치 레오리오니Leo Lionni의 동화집에 나오는 생쥐 '프레드릭'이 춥고 어두운 겨울을 위하여 햇살 모으기를 하듯, 김현주는 시조라는 신비의 빛을 모으는 중인 것도 같다.

『이것만 알면 당신도 현대시조를 쓸 수 있다』하린 작가의 책에 무사의 노래가 수록되기도 했다.

따뜻한 심성으로 빚은 시조는 천생 여성임을 확인하게 되며, 시편에서 만나는 '낯설게 하기'와 관념의 탈피는 그만큼 건강한 시의 시조가 되기에 충분조건이 되었다.

때로는 A라는 사물의 의미가 B라는 사물에 의해 자리바꿈을 한 'A=B'라는 치환은유epiphor 기법을 차용하는가 하면, 어느 한쪽으로 합침이 아니라 A와 B의 충돌에 의하여 새로운 효과를 C를 나타내는 병치은유diaphor로 서정성에 조심스럽게 다가가기도 한다.

그의 시조는 정형성이 갖추어야 할 미학인, 전구前句와 후구後句, 장章과 장, 수首와 수의 놓임이 구조적인 연결 고리로 이어지고 있으며, 개연성에 의한 복선의 이미지를 구축하였다. 역설적이거나 반전을 통한 드라마틱한 긴장drmatic tension이 시를 읽는 즐거움이 되기도 한다.

시는 예상되는 해답지가 아니라 끝없는 성찰이며 독자를 향한 일종의 질문지이다. 존재의 확인이 아니라 존재를 있게 하는 화두이다. 단순한 감동의 벽을 넘어 마음속에서 일어나는 사유의 바람 같은 것이라 생각하며, 김현주의 시편에서 만나는 정형미학의 세계를 돌아보게 한다.

도련님! 달이 차올라 만삭이 되었네요
진통이 느껴져요 꽃나무 아래로 갈까요
쿵더쿵 요동치는 가슴 안고 냇가로 갈까요

쏟아내는 빛들을 고스란히 품에 안고
다음 날 그다음 날도 오실 날만 기다려요
한바탕 꽃이 지기 전에 당도하셔야 해요

－「없는, 연애에 대한 것 － 봄밤」 전문

눈부신 침묵

보름달이 깊어가는 봄밤에 어느 이와 손잡고 걸을 수 있다는 것, 한때의 첫사랑 추억이 가슴속에 있다는 건 하늘이 내린 축복이 아닐까?

　김현주의 「없는, 연애에 대한 것」은 가상의 연인을 설정하여 그를 기다리며 그리움에 몸부림친다. 어쩌면 존재의 실상보다는 부재의 허상을 꿈꾸며 행복을 누리려는 이 시대의 자화상인지 모른다. 화려한 봄밤의 정취는 언제나 짧은 청춘처럼 전광석화로 사라짐을 안타까워하며 그리움의 대상이다.

　작품에서 '도련님'은 가상의 정인情人이다. 달이 차올라 만삭이 되었다는 현상학적 특징을 나타내 보임으로써, 지금의 자신이 처한 상태를 암시적으로 전하고자 시도한다. 새 생명이 숨 쉬고 있는 진통으로 "꽃나무 아래로", "냇가로" 가고 싶다는 고혹은 신이 내린 젊음의 향기이다.

　축복과 환희의 그 별빛을 "품에 안고", "다음 날 그다음 날에도 오실 날만 기다린다"라는 그리움의 끝은 어디일까? 이에 대한 해답은 "한바탕 꽃이 지기 전"이라고 제한하고 있다. 그럴지도 모른다. 그것은 '파토스'와 '에로스' 중 어느 쪽의 사랑이든 꽃과 같은 시절은 아름답기만 하기 때문이다.

　시인은 온갖 상상의 세계에 머물 수 있는 특권을 부여받았다. 눈에 보이지 않는 사랑의 허상까지도 실상의 거울에 옮겨와 바라보며 심상을 위무한다. 김현주의 작품이 '없는 연애'에 대한 안타까움이라면, 달 아래에서 거문고 소리 듣는 이매창의 연정이 가슴을 적시게 한다.

"봄은 와도 그대는 아직 멀기만 한데/바라보아도 자꾸만 덧없는 이 마음/거울엔 먼지 쌓이고 달빛 아래 거문고 소리 (春來人在遠 對景意難平 鸞鏡朝粧歇 瑤琴月下鳴)"

내 삶의 무늬목에 조각도가 춤을 추면
숲을 감싸 휘어 감던 물소리가 풀어지고
옹이는 섬으로 떠서 불러오는 화폭 하나

전서 예서 옛글 속에 새김질 운필들이
중봉의 끌기법에 울울창창 일어선다
목질은 넓은 품인 양 온 산하를 다 품고

새들이 앉았던가 구름들이 놀았던가
유려한 산정으로 나이레 감는 세월
여백의 진경산수가 새날처럼 돋아난다

－「각刻을 세우다」 전문

「각刻을 세우다」는 음가音價로만 읽으면 서로 날카롭게 대

립하는 의미를 떠올리게 한다. '모서리'를 아주 날카롭고 뾰족하게 만드는 각角이거나 사슴끼리 싸우기 위한 뿔이 아니다. 여기서는 조각도를 사용하여 어떤 형상을 새기기 위한 각刻이다. 그리고 외형을 '새긴다' 가시적인 형태에서 비롯되어 무형의 시간 단위인 각(1각=15분)으로 비약된다.

첫째 수가 새기기 위한 조각도의 행위였다면 둘째 수는 조각된 형상에서 천지 창조가 일어나는 기원을 담았다. 그리하여 셋째 수는 그런 무위자연의 진경 앞에서의 간절한 기다림이다.

작품 초반에 깔려있는 비유가 예사이지 않다. "내 삶의 무늬목에 조각도가 춤을 추면"이라고 하였으니, 이는 벌써 조각하는 장인의 형태미학이기 전에, 화자의 내면을 단장하고 있는 시적 복선임을 직감하게 된다. '내 삶=무늬목'이며, '조각도=춤춘다'라는 치환은유epiphor은 시적 긴장을 극대화하려는 개연성이자 미학적 수사법이다.

"숲을 감싸 휘어 감던 물소리가 풀어지고"라는 시각적 청각적 이미지의 중첩에서는 일종의 긴장감이 든다. 그 한 곳에 섬으로 떠 있는 옹이라는 화폭이 화자의 모습이라 하였으니, 그래서 시인은 "반 되들이 냄비 안에서 산천이 끓는다[半升鐺內煮山川-嘉泰普燈錄]"고 하였던가.

둘째 수는 첫째 수가 만들어 놓은 각刻에 천지의 숨결을 불어 넣은 개시자開始者의 역할이다. 전서, 예서 등 새김질 운필이며 끌기법으로 울울창창 일어서는 또 하나의 창조는 화자로 하여 온 산하를 다 품게 하였다.

셋째 수는 시간의 의미로 반전되는 각刻이다. 새들과 구름이 앉아서 놀다가 가고, 예리하지 않는 유려한 산정으로 나이테 감는 세월이기에, "여백의 진경산수"를 간절히 기구하고 있다.

갑사 저고리 앞섶 베어내는 눈물
아들 먼저 떠난 슬픔도 가시기 전
며느리 떠나보내는 은밀한 의식 행한

호접몽胡蝶夢 꾼 듯이 진정 꿈이면 좋으련만
허공 세상 흐르고 반짝이는 아침
나비야 날 수밖에 없는, 날개 활짝 펴라

짧고도 아린 눈짓 숨죽인 채 멀리로
가시 꽃에 앉지 말고 넓은 잎사귀
온전히 어여쁜 몸짓 감싸주는 꽃으로 가거라

- 「나비부인 – 할급휴서割給休書」 전문

오페라 푸치니의 〈나비부인〉은 이탈리아적 감성에 충만한

선율과 관객에게 감동의 눈물을 끌어내었다. 일본에서 서양 문물이 최초로 들어온 나가사키의 글로버공원이 있다. 이곳에 푸치니 오페라 '나비부인'의 주역인 소프라노 미우라 다마키가 극중 차림새로 아이를 데리고 서 있는 동상이 있다. 필자도 오래전 이곳을 찾은 적이 있다.

그런데 이 오페라는 실존의 이야기로, 미국 해군 장교 핑커톤을 진심으로 사랑한 일본인 게이샤 초초(예명 나비부인)의 드라마틱한 스토리가 애잔한 슬픔을 주고 있다. 한 남자의 거짓된 사랑을 한 여자는 더할 수 없는 사랑으로 떠나보내고, 먼 후일 그와의 사이에 태어난 아이에게 작별을 고하며 핑커톤에게 넘겨주었다. 그리고 병풍 뒤로 가서 '명예롭게 살 수 없다면 명예롭게 죽으리.'라고 쓰어 있는 아버지의 칼로 자결하는 모습. 이윽고 핑커튼이 돌아와 '버터플라이'를 외쳐 부르는 가운데 막이 내린다. 게이샤의 비극을 주제로 한 나비부인은 특히 동양적 여성미의 가학성으로 하여 애잔한 감성을 불러오게 하였다.

김현주의 「나비부인」의 부제는 할급휴서割給休書로 이는 조선시대에 이혼할 때 남자가 여자에게 주는 이혼 증서로 받는 깃저고리 천 조각이다. 부득이 헤어질 수밖에 없는 특별한 경우 시가媤家에서 여자의 장래를 위한 방법이었다.

푸치니 오페라의 '나비부인'이 할복이라는 비극적 선택을

택하였다면, 김현주의 「나비부인」은 한 여인의 운명을 나비처럼 자유롭게 풀어주었다. 한쪽의 슬픔을 슬픔으로 이겨낼 수 있었다면, 다른 쪽은 슬픔을 기쁨으로 되돌리려는 진정 작용을 한 것이다. 그리하여 김현주의 시편 "호접몽 꾼 듯이 진정 꿈이면 좋으련만" 하는 그곳에는 필히 "반짝이는 아침"이 있고 날개 활짝 펴는 또 푸른 하늘이 기다리고 있는가 보다.

셋째 수는 나비부인에 대한 애처로운 기원이다. 한때 인연을 나누었으니 부디 "가시 꽃에 앉지 말고 넓은 잎사귀/온전히 어여쁜 몸짓 감싸주는 꽃으로 가거라"는 종장의 기원 앞에서 조선 여인들의 정한을 생각하게 한다.

갑옷도 투구도 없이 전장으로 오는 장수
식당 문 왈칵 열며 "칼 좀 가소 칼 갈아요"
허리춤 걷어 올린 채 이미 반쯤 점령했다

무딘 삶도 갈아 준다 너스레를 떨면서
은근슬쩍 걸터앉아 서걱서걱 칼을 민다
삼엄한 적군을 겨누듯 눈은 더욱 빛나고

칼끝을 가늠하는 거친 손이 뭉텅해도
날마다 무림 고원 시장 골목 전쟁터에서

눈부신 침묵

비릿한 오늘 하루를 토막 내는 시늉이다

적군이 퇴각하듯 자꾸만 허방 짚는
가장의 두 어깨가 칼집처럼 어둑해도
생의 끈 날을 세우며 바투 겨눈 하늘 한쪽

                                    -「무사의 노래」 전문

　무사武士는 오래전 일본 종가에서 주인을 정점으로 한 가족공동체의 구성원으로. 무예를 가업으로 하는 여러 대부와 사무라이 신분인 엘리트 기마 전사로 한정 지었다. 유사한 말뜻인 무신은 왕을 섬기는 신하이며, 무관은 관직에 몸을 담은 무인의 의미가 강하다. 여기서 무사는 전장戰場에서 갑옷과 각종 무기 등을 소지한 무인들이다.
　「무사의 노래」에서 무사는 일본 등지의 무서운 무사가 아니다. 여러 집을 돌며 칼을 갈아주는 사람이다. 그래서 "갑옷도 투구도 없이" 전장 이곳저곳을 돌아다녀야 했다. 드디어 식당 문이 열었다. 칼 가는 것이 주업이었으니, 이 또한 무사의 품새가 나와야 하지 않을까? 벌써 식당을 점령한 듯 "칼 좀 가소 칼 갈아요"하는 폼이 예사이지 않다.
　둘째 수에서 무사는 "무딘 삶도 갈아 준다" 하였으니 참 재미있는 해학allegory이다. 마치 전쟁터에서 적군을 만났듯이 빛나는 눈으로 칼을 갈아주며, 주인과 나누는 대화가 사람 사이의 간격을 좁혀주고 있다.

"칼끝을 가늠하는 거친 손이 뭉텅해도" 날마다 전쟁터이듯 칼을 갈아야 하니, 그래야 "비릿한 오늘 하루를 토막 내는 시늉"이라도 할 수 있을까? 그런데 "무림 고원"이라는 무사가 누비는 고원의 전쟁터를 벗어나 청전 이상범 선생의 〈고원 무림高遠霧林〉을 연상하게 하고 있다. 한국화 한 폭의 대자연 속, 보따리를 소와 함께 나누어 등에 지고 집으로 향하는 작은 남자의 모습, 욕심 없이 자연과 더불어 살아가는 행복의 모습을 셋째 수에서 만나게 한다.

넷째 수는 지친 삶의 모습이다. "적군이 퇴각하듯 자꾸만 허방 짚는" 쓸쓸한 뒷모습의 한 남자, 활짝 편 어깨이기에는 너무나 힘든 삶의 여정을 어둑한 칼집에 비유했다. 그리하여 종장이 압권이다. 이 무사는 남을 해치려는 칼이 아니라 행복의 메신저가 되려는 칼 가는 무사이며, 자신의 "생의 끈"이라는 예리한 칼날을 멀리도 아닌 "바투 겨눈 하늘 한쪽"에 두어야 한다니, 김현주의 시적 에스프리는 '나'와 '너' 사이에서 객관적 상관물로 등장시켜 삶의 애환을 바라보게 한다.

당신처럼 웃으려면 얼마나 행복해야 하나요?

눈부신 침묵

모두 다 웃게 하는 건 당신의 힘인가요

피는 건 피어나는 건

얼마나 힘든 일인가요

눈길 한 번 안 주는 긴 외로움 견디며

한자리 꼼짝없이 뿌리 내린 지고지순

오롯이 당신 이름으로 피는 건

쉬운 일 아니잖아요

- 「눈부신 침묵 - 꽃」 전문

  시인 김현주는 젊은 시절 유치원 교사로 근무한 경력을 바탕으로 마지막 직업으로, 사회복지 법인 복지재단 요양시설에서 어르신들을 돌보며 근무하고 있다. 할머니의 마지막을 가슴에 아로새기며 살가운 그리움으로 노인들을 돌보는 직업을 선택한 것이다. 시집보다 먼저 요양원에서 자신의 일을 깊숙이 들여다보고 오롯이 집중해 본 사람만이 일궈낸 경험의 글들로 가득 채운, 어르신들 돌봄을 사랑으로 공감한 이야기를 수필로 적어간 산문집『황홀한 고립』을 출간한 바 있다.

  그렇다. 삶의 마지막에도 하루해가 지듯이 황혼의 시간을 만나야 하는 것. 그런 황혼을 생각하는 것으로도 "황홀한 고립"이건만, 화자의 하루는 온통 그 황혼과의 애환을 교감하며 살아야 한다. 그만치 그의 작품 세계는 신선한 삶의 현장이 이루어 낸 결과물이었기에 더욱 감동을 주고 있다. 문학 작품의 갈래에서 소설은 있을 수 있는 허구이며, 시나 수필은 삶의 진한 향 그대로 배어있는 진실성이 담보되어야 한다면. 삶과 시의 현장이 맞닿아 있는 김현주 시인이 더 유리하지 않을까 생각해 본다.

「눈부신 침묵」의 첫수가 전하는 메시지는 만감을 불러온다. '소문만복래笑門萬福來'라 하였지만, 그럼에도 좀처럼 쉽게 웃을 수 없기에 웃음은 더욱 소중한 것이다.

화자는 피보호자를 향하여 "당신처럼 웃으려면 얼마나 행복해야 하나요?"라고 반문하고 있다. 대저 웃음의 힘이 얼마나 크기에 한 사람의 천진한 웃음 앞에서 모두가 그 웃음을 되돌려 받게 되었는데, 당신의 웃음이 나의 힘이 되고 우리의 힘이 된다는 전염의 미학(?)이 보여주고 있다.

둘째 수는 그렇지만 웃음을 주는 '당신'이라는 존재는 누가 "눈길 한 번 안 주는 긴 외로움"을 견뎌야 했으며, 식물처럼 한자리에서 뿌리내려야 하는 지고지순이 바로 당신이었다며 애상에 잠기고 한다.

그래서 첫째 수가 말하는 행복의 깊이에서 생로병사의 종점을 향해 가고 있는 숙명 같은 아픔을 되돌아보게 하고 있다. 결국 행복의 원천은 '웃음'이지만, 결국 그 원천은 길고도 외로운 인고의 결과였음을 수긍하고 있다.

현충원 작은 묘역 큰아버지 모신 날
우렁찬 울음소리 조카가 아들을 낳았다
울음과 한 줌 사이에 긴 인생 시작과 끝이 있다

태어난 슬픔일까 떠나는 기쁨일까
살아가면서 울음은 웃는 날을 만드는 것
길 위에 긴 물음들을 풀어가는 여정

그림자 밟히는 떠난 자리 깊다
자꾸만 보게 되는 옹알이 웃음소리
같은 길 환승역 지나 다시 등을 켜는 시간

– 「환승」 전문

환승이란 사전적 의미는 다른 노선이나 교통수단으로 갈아타는 것이다. 한 방향이 아니라 다른 곳으로의 방향 전환이다. 〈환승 연애〉라는, 다양한 이유로 이별한 커플들이 한 집에 모여 지난날을 떠올려 보며 새로운 인연을 선택하여 사랑을 찾는 TV 프로그램이 있었다. 그런데 극 중에 또 다른 커플을 투입하여 메기 효과를 노리기도 한다.

이런 환승의 순간을 도처에서 만날 수 있지만, 김현주의 「환승」은 탄생과 죽음이라는 환승이다. 현충원 묘역에 큰아버지를 모신 그날에 조카가 태어난 것이니 기이한 생사의 환승이다. 그 매개체는 '울음'이라는 상징적 이미지이다. 탄생을 알리는 '우렁찬 울음'과 보내는 자의 슬픔을 담은 '울음'이 인생의 시작과 끝은 잇는 뫼비우스의 띠가 되어 삶의 주변을 맴돌고 있다.

둘째 수 초장은 역설이다. 탄생이 어떻게 슬픔이 되며, 떠나는 것이 어떻게 기쁨이 될까? 여기에는 분명 절체절명의 세월을 한평생 살아가야 하는 첫출발과 인고의 종점이 맞닿아 있기 때문일 것이다. 삶의 가시밭길을 다 돌아와 저세상으로의 환승은 누릴 것 다 누리고 떠난다는 역설paradox로 놓인 것이다. 태어난 슬픔은 "살아가면서 울음은 웃는 날을 만드는 것"이며, "길 위에 긴 물음들을 풀어가는 여정"이라고 하였다.

"떠나는 기쁨"에는 "그림자 밝히는 자리"였고, 뒤돌아보는 "옹알이 웃음소리"였기에 이승과 저승이 교차되는 환승역에서 피안의 길을 찾아가기 위해 등을 켜야 하는 시간이라고 하였다.

드라마의 환승연애가 인생의 과정을 위한 선택적 환승이라면, 김현주의 「환승」은 삶의 시始와 종終을 연결하는 운명적 환승이기에 읽는 이의 마음을 젖어 들게 한다.

연분홍 무성한 초록 압도하던 어느 해 봄
아무도 그 화려함 눈치채지 못한 그날
언니는 눈물도 없이 전사처럼 집을 떠났다

아려오는 가난을 눈물로 소독하며
볼에 댄 자국처럼 뜨거운 흉터 남겼다
벚꽃이 분분히 내린 충혈된 숱한 봄밤

언니가 돌아왔다 훈장 같은 쌀가마니들
떠나는 길 위에서 허기 채운 봄 빛깔
원피스 눈이 부시게 샛노란 그 봄을 입고

－「길례 언니」 전문

한국 화단의 대표적인 천경자 화백의 그림 중 가장 사랑받는 것이 〈길례 언니〉라 한다. 1973년에 그린 인물화로 그가 어릴 적 어느 여름 축제 날 노란 원피스에 하얀 모자를 쓴 여인이 스쳐 간 걸 보았는데, 그 인상이 강하게 남아 길례 언니라는 그림을 그렸다고 하였다. 또 다른 이야기는 소록도 한센병원 간호사로 떠난 고향의 소학교 선배였으며, 어느 날 다시 만났을 때 노란 원피스에 하이힐 신발과 모자를 쓰고 있었다고 하였지만, 특히 수필을 쓰는 그의 문학적 재능에 더한 상상력의 소산이기도 할 것이다.

노란색 블라우스의 순박한 이미지에 더하여 꽃이 있는 흰색 태가 있는 모자를 쓴 길례 언니, 금세 순결의 화신인 듯하다가 남태평양 고흐의 연인인 듯 다감한 모습을 그렸다. 꽃과 여인을 주제로 한 천경자의 정한情恨을 담은 온전히 담은 대표적인 그림이다.

김현주의 「길례 언니」는 이 그림을 재해석하고 있다. "연분홍 무성한 초록"이 "압도하던 어느 해 봄"이었으니, 환희의 황홀경과는 상반되는 봄날이다. "언니는 눈물도 없이 전사처럼 집을 떠났다"며 눈물 어린 가난을 뜨거운 흉터를 남긴, 그러나 "벚꽃이 분분히 내린 충혈된 숱한 봄밤"이었나 보다.

화려한 봄날에 집을 떠난 사연 → 인고의 견딤 → 다시 찾은 봄으로 연결되는 수의 놓임이 유기적으로 연결되었다.

셋째 수에서 이루어 낸 삶의 미학은 "훈장 같은 쌀가마니들"이며, "허기 채운 봄 빛깔"과 눈이 부시게 샛노란 원피스였다. 원피스라는 샛노란 봄을 입은 우리들의 언니요 누나인

눈부신 침묵

'길례 언니'는 지금쯤 고희를 넘은 황혼일까?

가난이 전부였던 70년대, 그 시대의 길례언니는 도회의 봉제공장이며 전자 회사에서 밤새도록 일하였고, 독일 가서 돈 벌어온 우리들 언니였다.

사나흘 쏟아붓던 장맛비 성큼 베어
눅눅한 습기 지펴 양은솥에 삶아내면
살아난 뽀오얀 속살 찰랑찰랑 헹궈낸다

늘 쌀독 비어 있던 그 시절 힘겨움
후루룩 설움 같은 끼니 때운 할머니
아직도 새끼 밥상엔 흰 쌀밥만 고집하신다

가느린 궤적 두고 장수하는 연유는
면발의 효력일까 덕담이 깃든 걸까
풀어 논 얼굴 주름에 고명 얹듯 핀 검버섯

- 「국수를 삶다」 전문

우리나라는 밀 재배가 쉽지 않았기에 국수는 귀한 잔칫날에 먹는 고급 음식이었다. 특히 밀가루나 전분 등을 섞어서 만든 국수의 긴 면발은 장수를 기원한다는 의미이기도 하였다. "언제 국수를 먹게 하느냐?"며 은근히 결혼을 부추기는 기다림이자 덕담이기도 하였다.

「국수를 삶다」는 그대로가 한여름 비 오는 날의 풍경화이자 고단했던 한 시대의 애환이다. "사나흘 쏟아붓던 장맛비 성큼 베어" "양은솥에 삶아내는" 국수, 그렇게 하여 삶아내면 눈이 부시게 뽀오얀 속살이 되었다. 그것을 찰랑찰랑 헹궈내는 모습이야말로 화자 자신이 그리고 있는 삶의 이상향이자 깨끗한 서정이 아닐까?

언제나 하얀 쌀이 부족하였기에 쌀밥이 아니라 설움 같은 국수로 후루룩 때워야 했던 그 시절, 얼마나 지긋지긋한 가난이었기에 흰 쌀밥만을 고집하실까? "가느린 궤적"은 고되게 삶아온 목숨의 끈이었고, 그리하여 국수의 면발처럼 장수하게 되었다며 면발의 효력과 덕담을 수긍하고 있다. 그리하여 반전은 국수 한 그릇의 애환을 할머니의 얼굴 모습인 "고명 없듯 핀 검버섯"으로 치환epiphor하였다.

「국수를 삶다」가 돋보이는 이유는 무엇보다 시어의 도처에서 만나는 감각적이거나 비유적, 묘사적, 그리고 상징적 이미지의 충돌이 빚어내는 시적 정감이 온전히 살아났기 때문일 것이다.

눈부신 침묵

찾는 이 하루 이틀 발걸음이 뜸해도
햇빛도 앉히고 바람과도 실컷 놀았다
뜨거운 여름 한 철을 추억놀음하였다

시름시름 혼잣말 흥건한 가슴앓이
엷게 핀 검은 얼룩 허름하게 변해도
속 꽉 찬 자존만큼은 윤기가 흐른다

야위는 푸른 지조 빛깔은 바래져도
싱그러운 지난날 더없이 깊게 품어
은근히 입맛 돋우는 노각처럼 아삭아삭

　　　　　　　　　　－「노각무침을 먹으며」 전문

　노각老角은 늙어서 빛이 누런 오이로 그렇지 않은 오이보
다 매우 크다. 제때 따지 않고 두면 노각이 된다.
　「노각무침을 먹으며」의 첫째 수는 노각이 될 때까지 "햇빛
도 앉히고 바람과도 실컷 놀았다"며 자위하고 있다. "뜨거운
여름 한 철을 추억놀음하였다"고 하니 웬말인가? 적어도 노
각이 지나온 여름날은 후회이거나 아니면 즐거운 추억이었을
것이다. 노각만이 아니라, 화자도 이런 무위자연無爲自然 속에

서 뜨거웠던 추억 혹은 가버린 날에 대한 후회이지 않을까?

"시름시름 혼잣말 홍건한 가슴앓이" 하였던 노각이 검은 얼룩으로 허름하게 변하여도, 어디 한곳 빈 곳이 없이 가득 찬 자존심으로 "윤기가 흐른다" 하였으니, 이것은 화자 자신을 이입하기 위한 위안일까?

그러나 야위고 빛깔이 바래도 싱그럽게 살아온 날을 가슴에 품었기에, 그 은근한 입맛이 "노각처럼 아삭아삭"하다고 하였다.

이는 노각 입장에서의 삶을 축복하고 회고하며 구체화하는 과정에서 자신이 얻어낼 행복이라는 지분을 돌려받기 위한 다의적 포석으로 받아들여진다.

「노각무침을 먹으며」를 읽는 독자의 시선은 노각이라는 지시적인 형상에만 머물지 않고, 읽는 이 자신의 유의미한 삶의 보법을 생각나게 하여 "시는 즐거운 상상력"임을 입증하고 있다.

　　살며시 다문 입술 살짝 비친 엷은 미소
　　찻상을 앞에 두고 다소곳한 앉음새
　　그윽한 눈매를 내려 두 손 가득 내린다

　　그리운 마음 거둬 숨겨온 가락인가

꽃잎 같던 푸른 세월 달빛으로 덮어주고

그날 밤 매듭을 엮듯 스며들던 숨결 소리

백일홍 그림자는 저를 안고 깊어지듯

바람결에 풀어보는 향내 더욱 맑아라

밀어를 혼잣말처럼 중언부언 하다말다

－「끽다거喫茶去」 전문

　당나라의 선승禪僧 조주趙州와 그를 찾아온 수행자들 사이
의 대화이다.

　"불법佛法의 큰 의미는 무엇입니까?"

　"그대는 이곳에 온 일이 있는가?"

　"한 번도 없습니다."

　"그러면 차나 한잔 들고 가시게喫茶去."

　"달마 대사가 서쪽에서 오신 큰 뜻이 무엇입니까?"

　"이곳에 온 일이 있는가?"

　"예, 한 번 있습니다."

　"그러면 차나 한잔 들고 가시게."

　옆에서 듣던 원주院主 스님이 물었다.

　"스님! 어째서 한 번도 온 적이 없는 사람이나, 한 번이라도

온 적이 있는 사람이나 모두 '차나 한잔 들고 가시게'라고 말씀하십니까?"

"원주, 자네도 차나 한잔 들고 가시게."

선승 조주는 차를 선의 결지로 끌어올려 참선의 화두를 만들어 내었는데, 그 중 '끽다거'가 대표적인 화두이다.

김현주의 「끽다거喫茶去」는 사랑의 화두이다. "찻상을 앞에 두고 다소곳한 앉음새"로 똑바로는 볼 수 없이 마주 앉은 그 모습~ 그대로가 사랑이라는 또 다른 선의 경지 아닐까?

둘째 수 "그리운 마음 거둬 숨겨온 가락"에서는 연정戀情이 깃든 잔잔한 떨림이며, "꽃잎 같던 푸른 세월"을 "달빛으로 덮어준다"는 수수授受 관계의 외연extension을 확장하고 있다. 그래서 그날 밤 매듭을 엮듯 숨결 소리라는 연분緣分을 만나게 되었나 보다. 셋째 수 초장의 전구 "백일홍 그림자"가 후구의 "저를 안고 깊어지듯"이라는 관계, 중장 전구의 "바람결에 풀어보는"과 "향내 더욱 맑아라"는 후의 받침이 이렇듯 멋들어진 절창의 관계를 만들 수 있는지, 그 시적 긴장감에 tension이 감동을 주고 있다.

「끽다거喫茶去」는 '차 한 잔 마시고 가라'는 선방禪房의 주문을 넘어, 차 한 잔의 선경仙境과 선경善慶을 함께 만나게 하고 있다.

눈부신 침묵

하얗게 증발하는 저녁이 여기 있다
경계를 두려워하는 노을은 붉게 타오르고
까맣게 녹아드는 밤 어깨짐을 풀고 있다

흔들린 물빛 따라 파도치는 꿈결 너머
거꾸로 물고 있는 하루의 푸른 멀미
다시 또 붉은 부리를 숨긴 새들의 입

십자가 태양 빛에 잠시 숨 고를 때
바로 선 거울 앞에 검은 옷도 벗고
느린 듯 시차를 즐긴 밤의 꼬리표를 떼는 시간

- 「아침과 아침까지의 거리」 전문

아침과 아침까지의 거리는 영零이거나 지구가 한 바퀴 자전하는 약 4만km의 거리이다. "하얗게 증발하는 저녁"은 화자의 퇴근 시각이기 때문일 수도 있거나 아니면, 요양원이라는 곳에서 맞이하는 노년들의 삶일 수도 있다. 처음부터 비롯된 의미망은 복선을 놓아 궁금증에 빠져든다. "경계를 두려워하는" 것에서는 이승과 저승의 경계이기에 두려움의 대상일지, 노을조차 낮과 밤의 경계를 두려워함인지? 어깨짐을 풀고 있는 화자의 모습에서 노동의 경건함이 보인다.

"흔들린 물빛" → "파도치는 꿈결 너머", "거꾸로 물고 있는" → "하루의 푸른 멀미" 이런 절창이 만든 대구對句 관계와 "다시 또 붉은 부리를 숨긴 새들의 입"이 라는 노년들의 애처로운 모습에서 화자의 극진한 보호 본능을 발견하게 된다.

셋째 수는 그러한 보살핌의 시간을 넘긴 화자의 퇴근 무렵이다. "바로 선 거울 앞에 검은 옷도 벗고/느린 듯 시차를 즐긴 밤의 꼬리표를 떼는 시간"은 얼마나 큰 보람과 가여움과 행복감일까? 빛나는 아침을 맞는 화자의 아름다운 마음씨에 짜릿하고도 진한 정감을 느껴본다.

불빛 담긴 도심의 강, 성을 이뤄 환하다
수초 일렁이는 그 속 가만 들여다보면
밖으로 나갔던 물고기 유영하며 돌아온다

구급차 숨 가쁘게 어디론가 달려 나가고
빛이 빛을 살찌우고 어둠이 어둠 삼키는
우리가 가고 싶다던 아, 별천지 저기인 듯

과체중이 불러온 꽉 막힌 동맥 곳곳
혈 뚫는 名醫 없이 철새 간혹 앉았다 날고

몇몇은 장미슈퍼에서 소주잔 꺾고 있다

길고양이 시간 훔쳐 재빠르게 달아난다
초승달 녹슨 열쇠 성문 철컥 딸 즈음
둔중한 벽과 벽 사이 안녕하신지 이웃은

- 「강, 불야성」 전문

지구상의 모든 생명체는 '물'이라는 환경에서 비롯되었다. 강이나 호수 바다 등에서 시작된 원핵생물이 30억 년 동안 진화를 거듭하여 육상으로 올라와 자리를 잡게 되었다. 그러나 사해의 염분농도는 보통 바닷물에 하여 무려 10배나 높은 45‰를 나타내기에 생명체가 살 수 없는 곳이기도 하다.

「강, 불야성」은 수중 생태계가 아니라 우리가 살아가는 도회의 모습이다. 어류가 유영하며 살아가듯, 사람이 도회라는 생태계에서 살아가는 모습을 다양한 비유로 환치하여 재미를 더하였다.

첫째 수는 화자가 불빛 찬란한 도심을 수조라는 관상물로 비유하여 바라보고 있다. 도심의 복잡한 생태계에서, 시인은 "물고기가 유영하며 돌아오는" 모습을 호기심 어린 시선으로 바라보고 있다.

둘째 수는 운명을 가를 수 있는 구급차의 급한 주행과 함께 도회의 빛과 그늘이다. "빛이 빛을 살찌우는" 명明과 "어둠이 어둠을 삼키는" 암暗이 이분법으로 나뉜 그곳이 결국은 우리가 가고 싶어 하는 무릉도원이며 유토피아라도 되어야 하는가?

셋째 수는 도심에서 살아가는 애환이다. 과체중이 동맥경화를 부르듯, 도심의 가로는 이미 곳곳마다 다 막혔다. 이를 처방할 방안이 없는 곳이지만, 그래도 살길을 찾아오는 사람들은 철새처럼 왔다가 다시 떠나게 되나 보다. 그러나 악착같이 견디며 살고 있는 사람들은 정다운 장미슈퍼에서 하루의 소주잔을 꺾고 있단다.

넷째 수는 깊어져 가는 밤의 창가에서 안부를 묻는다. "길고양이 시간 훔쳐 재빠르게 달아난다"라고 하였으니, '길고양이', '시간 훔치기', '달아나기', '초승달' 등 이런 묘사적 환경이 만든 언어는 시각적이거나 감각적으로 융합이 되어 '도회의 밤'이라는 다소 삭막한 이미지를 그리고 있다. 그리고 "초승달"="녹슨 열쇠"로 직유하여 밤이라는 성문을 철컥 딴다고 하였는가 하면, 그렇게 하여 집으로 돌아간 벽과 벽 사이가 모두 안녕하기를 기원하는 모습은 화자의 넘치는 정감과 시적 상상력이 아니고서는 불가능하리라 생각한다. 시인의 주술 같은 마법과 시적 상상력은 그래서 우주의 질서를 제어할 수 있는 것이다.

잘 닦인 수면 위로 뭇 새 떼 날아든다
쩌억 쩍 실금 가는 수천수만 허상들
날 세운 빛의 조각들 눈 찔러 하늘 본다

깊이 모를 투명함이 반사하는 이력 위로
먼지 털이 갈대꽃이 일상을 털어낸다
때가 낀 마음 한 장 갈아 끼운 찰나에

각도를 달리하고 유리 벽 넘어다보면
퍼즐을 꿰맞추는 생멸의 조각보들
공기 속 흐르는 파장 없는 실체 봉합한다

– 「물거울 깨지다」 전문

　거울이 깨어지는 것을 파경破鏡이라 하며, 달이 이지러진
모양이거나 부부 사이가 나빠져서 헤어지는 경우를 이르는
말이다. 그런데 실제 유리 거울이 아니라 물거울이다. 그 물
거울을 깨는 가해자는 뭇 새 떼들이다.
　천수만이거나 우포늪의 고요한 물거울에 갑자기 먹을 것
을 찾는 새들이 날아와 그 거울을 깨뜨리면, 깨어진 거울에
비친 저마다의 허상이 보인다. 그런 빛의 조각들이 눈을 찌

르게 되어 파경이 이르는가 보다.

마음이 고스란히 비친 수면의 일상을 덜어내는 것은 갈대 꽃이라는 먼지털이가 털어내고 있다. 그럴 때면 때가 낀 마음 한 장에 대비되는 유리의 조각을 갈아 끼워야 하나 보다.

첫째 수는 화자의 마음이라는 근본적인 명제를 위한 개연성이었기에 수생 생태계는 화자의 마음이라는 정물靜物이다. 이렇듯 새들이 날아와 깨뜨린 거울 앞에서 "각도를 달리하고" 바라다보면 "퍼즐을 꿰맞추는 생멸의 조각보들"이라고 하였다. 이런 절창의 비유야말로 가히 마법의 경지이기에 충격과 감동이다. 깨어진 물거울이 다시 퍼즐을 맞추는 생멸生滅의 반복이었기에 화자의 예리한 직관력이 돋보인다. 결국 「물거울 깨지다」는 우리들 삶의 과정에서 생멸을 거듭하는 우리의 삶의 순간을 뒤돌아보게 한다.

딸 귀히 여기시던 아버지 금지령
가시 촘촘 박혀 있는 탱자나무 호위무사
울타리, 울타리 넘어 돌고 돌아 에워쌌네

환한 달밤 위리안치圍籬安置 말랑해진 가시 넘어
청보리 일렁대는 그 어디쯤이었지 아마
말갛게 새순 틔우는 소름 돋는 사랑가

눈부신 침묵

엄마 기억 멈춘 자리 꽃이 피어난다
생각만 해도 좋은, 가슴 떨린 그날 밤
끝끝내 놓지 못하는 사랑이 화사하다

－「무장 해제」 전문

그 옛날에는 더욱 그랬으리라. 딸을 끔찍이 사랑했기에 그 아끼는 마음은 외출 금지령을 내렸고, "가시 촘촘 박혀 있는 탱자나무"가 "호위무사" 역을 하게 하였을까? 구중궁궐이듯 울타리를 둘러싼 환한 달밤의 위리안치였는데, 이는 유배된 사람을 옴짝달싹 못 하게 하는 형벌이 아닌가?

이처럼 꼼짝 못 하는 상황에서도 화자는 말랑해진 가시를 넘어 "청보리 일렁대는" 그 어디쯤에서 새순을 틔웠다니~ 사랑의 힘은 이처럼 가없나 보다. "생각만 해도 좋은, 가슴 떨린 그날 밤"은 누가 뭐래도 무장 해제였기에, 사랑이 별빛으로 화사한 그 밤의 풍정風情을 누가 막을 수 있으랴.

어머니의 지독하고 외로웠고, 찬란했던 지난 사랑의 이야기를, 그 열매인 딸이 병들고 늙은 어머니의 모습에서, 어머니의 아름답고 화사한 젊은 날의 모습을 떠올리며 시조로 승화시킨 시인의 사모곡인지도 모른다.

'무장 해제'는 항복한 군인이나 포로의 무기를 빼앗는 일이다. 그래서 자의自意가 아닌 타의他意에 의하여 자신의 행동을 제한받게 된다. 그러나 사랑하는 어떤 이에게 무장 해제가 되어도 좋을 추억이 있다면 이 역시 화사한 사랑이 아닐까?

시조를 대하는 시대적 분위기가 많이 변했다. 지난 80~90년대에는 〈시조문학〉과 〈현대시조〉가 월간으로 발간되었는데, 항상 평자의 글이 책의 한 부분을 차지하고 있었다. 대부분은 시조의 형태미학으로만 바라본 혹평의 글이 많았다. 형태미학이 시조의 처음과 끝이며 금과옥조로 여겼다.

그 사이, 현대시조의 발전기라고 해야 될 수십 년을 지나며 시조의 정형률은 물론이지만, 온전한 시의 완성도가 더 소중하게 여겨지는 것이 현실이다. 최고의 시를 필요조건으로 하는 최고의 시조 작품이야말로 진정한 시조의 오늘이자 미래일 것이다.

김현주의 "나뒹군 개 밥그릇이 바람 경經을 읽고 있다"는 「빈집」이거나 "본존불本尊佛 미소 담은 어느 산골 절간 아래"를 찾아가는 「가랑잎 분교」 외에도 가슴으로 읽는 시편이 많다. "맑은 서리는 단풍에 취하고, 어슴푸레한 달빛은 억새꽃에 숨는다淸霜醉楓葉/淡月隱蘆花-元의 許有壬"라고 하였듯, 그의 시편은 서정에 한껏 취하기도 하고 예리한 시선은 억새꽃 뒤에 숨어서 빛나기를 기원한다.

눈부신 침묵

가래나무는 재질이 단단하여 예부터 글을 새기는 판목으로 사용하였으며, 여기에 글을 새기는 일을 상재上梓라 하였다. 오늘날처럼 출판물 홍수 시대에도 고운 서정의 향기를 담은 시집은 분명히 존재한다. 김현주의 처녀 시집이 홀로 서서도 두려워하지 않고, 문단을 석권하기를 기대해 본다.

　필자의 둔필이 그의 작품 세계를 오독하였다면, 이 또한 김현주 시편이 간직한 여백의 미가 그만치 남아 있다는 셈이다. 『눈부신 침묵』을 상재한 김현주 시인께 축하와 함께 文氣와 창작에 빛을 발할 것을 기대한다.

- 끝 -

눈부신 침묵

초판 1쇄 발행 2025년 2월 3일

지은이	김현주
펴낸이	이기봉
편집	좋은땅 편집팀
펴낸곳	도서출판 좋은땅
주소	서울특별시 마포구 양화로12길 26 지월드빌딩 (서교동 395-7)
전화	02)374-8616~7
팩스	02)374-8614
이메일	gworldbook@naver.com
홈페이지	www.g-world.co.kr

ISBN   979-11-388-3926-6 (03810)

- 가격은 뒤표지에 있습니다.
- 이 책은 저작권법에 의하여 보호를 받는 저작물이므로 무단 전재와 복제를 금합니다.
- 파본은 구입하신 서점에서 교환해 드립니다.